# Ma philosophie…
# d'un boudoir à l'autre

Nadine de Rothschild

# *Ma philosophie... d'un boudoir à l'autre*

*Carnets intimes*

Albin Michel

« Amour, tu as été mon maître,
Je t'ai servi sur tous les dieux
Ô si je pouvais deux fois naître,
Comme je te servirais mieux ! »

Clément Marot

# Avant-propos

Très jeune, j'ai pris l'habitude d'écrire dans de petits carnets les réflexions qui me venaient à l'esprit, au fur et à mesure de mes expériences. Quelles qu'elles soient. Mes séances de pose pour le peintre Jean-Gabriel Domergue, mes débuts au music-hall, ma carrière au cinéma, mes premiers flirts, mon entrée dans le monde, la rencontre de l'homme de ma vie, mon mariage, ceux de mes amies, leurs amants, leurs divorces… autant de moments riches en sensations et en enseignements.

J'en ai tiré ma philosophie, volontaire et pragmatique, mais légère aussi et toujours teintée d'humour. Il faut garder l'œil qui frise si l'on veut faire un beau parcours et surmonter toutes les embûches qui se présentent sur la route. C'est vrai que le découragement n'est pas dans ma nature, mais je ne dirais pas que le doute ne m'a jamais étreinte ou que la douleur ne m'a jamais touchée. Pour leur tenir tête, j'avais mes petites phrases, mes principes, mes règles de conduite. Souvent pleines de bon sens, quelquefois juste drôles, elles me redonnaient sourire et gaieté. J'espère qu'il en sera de même pour vous.

# *Les jeux de l'amour mais pas du hasard*

Il y a trois façons de voir l'amour :
la bonne, la mauvaise, la mienne.

Ma seule religion est l'amour.

Tomber amoureux, ce n'est pas forcément
rencontrer la personne dont vous rêviez,
mais celle avec qui rêver.

En amour, « oui » est le plus beau des mots
de la langue française.

On n'a qu'un grand amour dans sa vie,
les autres ne sont que des doublures.
Hélas, on n'en prend conscience qu'à la fin.

En amour, on ne paye pas l'addition
avant d'avoir été servi.

L'amour ne demande pas d'explication.
Juste un compliment.

Le cœur s'élève de la même façon
que le reste.

En amour, le gagnant est toujours la tortue,
jamais le lièvre.

Si le cœur savait penser,
il cesserait aussitôt de battre.

L'amour sans partage n'a pas de saveur.
Le partage sans amour a peu de valeur.

Si l'amour n'était qu'une question de sexe,
les prostituées seraient les reines du monde.

En amour, on ne doit jamais dire
qu'on a perdu la partie,
mais qu'on ne l'a pas gagnée.

Il faut toujours laisser la cage ouverte
pour que l'oiseau puisse revenir.

L'amour n'est pas un cocktail.
Ne mélangez pas les saveurs du passé
avec les faveurs du présent.

L'amour ne se mendie pas, il se gagne.

La jalousie est la méchante sœur de l'amour.
Elle fait partie de la famille,
mais on n'a pas envie de la voir tous les jours.

L'amour est une partie de poker,
l'important n'est pas d'avoir de bonnes cartes,
mais de savoir quand les abattre.

Une histoire d'amour,
c'est aussi une histoire d'humour.

L'amour est le meilleur des médicaments,
même si parfois la pilule est dure à avaler.

En amour, il n'y a souvent
que le commencement qui soit charmant.
Pas étonnant qu'on ait envie
de recommencer souvent.

Ne jamais dire « sûrement pas »,
mais « pourquoi pas ? ».

Si vous ne pouvez pas vous faire aimer,
faites-vous craindre.

En amour, ne pas confondre compromis
et compromission.

On ne devrait jamais faire l'amour avec quelqu'un qu'on aime, cela abîme tout.

Le cœur parle moins que les hormones, pourtant c'est lui qu'on devrait écouter.

Je t'aime ne veut pas forcément dire
je t'épouse.

Le seul amour vraiment fidèle
est l'amour-propre.

L'amour est un joli voyou sans foi ni loi.

Deux mots difficiles à dire :
je t'aime et merci.

À trop jouer gagnant, on perd sa mise.

La seule chose dont on peut être sûr
en amour : rien n'est fini
tant que ce n'est pas fini.

Aimer, c'est renoncer à dominer.

L'amour, ça se fait comme ça,
ça se défait comme ça.

Pour conquérir un amour, on se bat,
ensuite on se débat.

On dit que l'on ne voit bien
qu'avec le cœur, on comprend pourquoi
les opticiens font fortune.

# *L'homme est un animal comme un autre*

Contrairement à la nature
qui a horreur du vide,
l'homme n'est pas insensible
à une ravissante idiote.

Plus menteur qu'un homme ?
Un autre homme.

Les hommes ont des épaules,
les femmes la tête sur les épaules.

Les hommes détestent entendre parler
de maladie, les femmes s'y complaisent.

Les hommes veulent du sexe, pas du stress.

Coucher avec un homme laid mais
intelligent est la jouissance suprême.

L'homme chasse, la femme collectionne.

À table comme au lit, l'attention de
l'homme se concentre autour de sa ceinture.

Méfiez-vous des hommes
qui commandent toujours le même menu.

Les hommes ont l'air plus hommes
quand ce sont les femmes qui dirigent.

Un homme allongé n'a pas le même visage
qu'un homme debout.

Si vous rencontrez un homme de pouvoir,
imaginez-le devant le soleil,
vous verrez alors l'ombre d'un nain.

Tout homme, même fidèle,
est esclave de ses hormones.

Bien sûr qu'on peut se passer d'un homme,
mais pour combien de temps ?

Tant va la cruche à l'homme
qu'à la fin il se casse.

Un homme inverti en vaut deux.

L'habit ne fait peut-être pas le moine,
mais il fait l'homme.

Un homme sans cravate
est comme un chien sans laisse.

Un homme sans esprit,
c'est comme une femme sans poitrine.

Un homme sans femme est comme
une voiture sans essence.

Il y a des hommes d'amour,
comme il y a des romans d'amour.

# Tant qu'il y aura des femmes

Être une femme, c'est vivre
entre l'interdit et l'impossible.

Mademoiselle,
si vous êtes un beau paquet cadeau,
n'enlevez pas trop vite
le ruban qui l'entoure.

Quand vous offrez votre corps,
pensez à y mettre un peu d'esprit.

Quelquefois les citrouilles restent
des citrouilles.

Être femme, c'est donner du plaisir.

Toute femme est jolie dans les bras
d'un autre.

En entrant dans les bureaux, les femmes
sont sorties des chambres à coucher.

Dans chaque femme,
il y a une belle-mère qui sommeille.

Une femme amoureuse
parle toujours trop.

On peut mettre une femme dans son lit,
pas forcément dans sa vie.

Une femme seule n'est pas longtemps
cotée à l'Argus.

Entre elles, les femmes parlent tellement
de l'amour qu'elles en oublient de le faire.

On vous dit sexy ? Soyez troublante.

Une femme qui n'a pas d'ennemi
n'est pas encore une femme.

Une femme qui a peur des hommes
a d'abord peur d'elle-même.

Méfiez-vous d'une femme qui avoue
son âge. Elle est capable du pire !

Mesdames, ne parlez pas
si rien ne vous y oblige.

Féministe ou féminine, il faut choisir.

Il y a de l'entremetteuse en toute femme.

La féminité tient en trois mots :
séduire, résister, céder.

Une femme sans homme est comme
une voiture sans chauffeur.

# *Du mariage et de ses inconséquences*

Le mariage ? 50 % d'amour,
50 % de pardon.

Conseil à la jeune mariée : être là
jour et nuit et même entre-temps.

L'épouse est une femme qui endure,
mais qui dure.

Il y a deux catégories de maris :
ceux qui vous aiment et qui divorcent,
ceux qui vous trompent et qui restent.

Le jour des noces, le marié jure fidélité
à une jeune fille de vingt ans,
pas à une femme de quarante !

Noces d'argent, premier bilan.
Noces d'or, encore un effort !
Noces de diamant, on prend son temps.

Un mariage est comme un attelage
en couple. Évitez les chevaux boiteux.

Au début, il y a le polochon,
ensuite le miroton.

Ce n'est pas parce que vous avez signé
un contrat de mariage que vous devenez
propriétaire de votre conjoint.

Le mariage ne se partage pas
comme un taxi.

Une chose à savoir : la première partie
de votre mariage se passera au lit,
la seconde dans le bureau de votre avocat.

Les maris sont de deux sortes :
soit ils vous facilitent la vie
et la prolongent,
soit ils vous pompent l'air
et la raccourcissent.

Entre époux, être sourd, aveugle et muet
est une preuve d'intelligence.

Le mariage est comme une partie de tennis :
au début, on monte souvent au filet,
puis on finit en fond de court.
L'idéal étant bien sûr de jouer en double.

La fidélité à répétition a aussi du bon.

Pour les hommes, monogamie
rime avec monotonie.

Se disputer, c'est aussi être ensemble.

S'il y a une chose que vous ne devez
pas regretter, ce sont les divorces
que vous n'avez pas connus.

Abandonnée ? Transformez votre solitude
en indépendance.

Vous l'avez épousé pour le meilleur
et pour le pire, pas pour le petit déjeuner.

Si vous sortez avec un homme marié,
autant que ce soit le vôtre.

Votre mari vous trompe ? Cela prouve
au moins qu'il est en bonne santé.

Avant d'être une veuve joyeuse,
soyez une épouse heureuse.

Les bons comptes en banque
font les bons maris.

Aujourd'hui, avec les divorces à répétition,
il n'y a plus d'amour individuel,
il n'y a que des amours collectifs.

Le devoir conjugal : vite fait, mal fait.

Il y aurait moins de divorces,
s'il y avait plus de virgules
et de points de suspension.

# *Amants et maîtresses*

Le pire ennemi de l'épouse, ce n'est pas
la maîtresse, c'est l'ennui.

Maîtresse en devenir, un conseil :
sourires à l'épouse et caresses au petit.

Quand on sort avec un homme marié,
il faut accepter cette condition :
on sort aussi avec sa femme.

La première fois qu'on est trompé,
c'est une tragédie,
la deuxième fois, une comédie,
la troisième fois, un vaudeville.

Une consolation : si les maris donnent les intérêts à leurs maîtresses, ils gardent le capital à la maison.

Pardonnez plutôt que divorcez.
Cela demande moins de formalités.

Quand un homme licencie sa maîtresse, elle n'a pas de préavis. À peine un chèque pour solde de tout compte.

Le mariage est très ennuyeux, à plus forte raison si on épouse son amant.

On ne peut pas connaître l'aventure et la sécurité.

La différence entre doute et soupçon ? L'imagination.

Préférez l'infidélité au divorce, du moment que vous êtes du bon côté.

Si toutes les femmes trompées devaient prendre un amant, les clubs de rencontres seraient cotés en bourse.

Les maîtresses sont toutes les mêmes :
elles trompent leurs amants dès qu'ils ont
le dos tourné !

Quel est le plus grand club du monde ?
Le club des divorcés.

La fidélité est loin d'être une prouesse
quand on l'est par paresse
ou par manque d'occasion.

Épouse et maîtresse ne partagent pas qu'un homme, elles partagent un même sentiment : la vengeance.

L'âge est un handicap pour certaines maîtresses, mais un atout pour d'autres.

Si l'on doit être une maîtresse trompée, autant être l'épouse.

Dans le doute, ne posez pas de question.
L'ignorance est confortable.

La preuve de la virilité d'un homme ?
C'est quand il a une maîtresse plus âgée
que sa femme.

La différence entre tromper et être trompé ?
Juste une question de jours.

La vie d'une maîtresse tient en deux actes :
le temps de la grâce,
puis celui de la disgrâce.

Si les maris permettaient à leurs épouses
de prendre des amants,
il n'y aurait pas de femmes infidèles.

Avant d'ouvrir sa porte à un amant,
assurez-vous qu'il ira bien avec le décor.

À quoi reconnaît-on une vieille maîtresse ?
Elle n'a pas de rides.

Qu'importe le pardon
pourvu qu'on ait l'ivresse !

Rappel à la maîtresse : ce qu'on emprunte,
il faut toujours le rendre.

Avertissement à l'épouse : ne laissez pas traîner les bijoux de famille.

Un amant et un mari ne parlent pas de la même femme.

Les bons sentiments ne font pas les bons amants.

# L'amitié ou l'amour qui ne dit pas son nom

Les bonnes clôtures font les bons amis.

L'amitié est la grande sœur de l'amour :
elle le console.

La différence entre un ami et votre mari :
il vous écoute sans vous couper la parole.

L'amant passe, l'ami reste.

Quand meurt une amitié ?
Dès que meurt la confiance.

L'amitié est plus dangereuse que l'amour :
elle vous oblige parfois à dire la vérité.

Avoir un homme comme ami est plus agréable encore qu'avoir un bon chien près de soi. On n'a pas à le sortir.

L'amitié, c'est un seul portefeuille dans deux poches.

Mieux vaut un ennemi fidèle qu'un ami volage.

Entre amis, cela ne sert à rien
de poser des questions quand on sait
qu'on ne suivra pas les réponses.

Contrairement à l'amour,
il n'y a pas d'amitié à sens unique.

Les amis font de déplorables amants,
mais de confortables maris.

L'amitié est comme la gymnastique :
elle demande des exercices quotidiens.

Ne soyez jamais le confident,
vous seriez vite l'obligé.

Dans l'amitié, il ne faut pas se comparer,
mais admirer.

On peut tout prêter à un ami,
sauf sa femme.

Est-ce qu'on ment à un ami
comme à un mari ? Oui !

Plus j'avance en âge, moins je crois
en l'amitié entre femmes.

Un ami sans humour, c'est comme un
champagne sans bulle.

L'amour finit quelquefois en amitié,
l'amitié en solitude.

Il est plus facile de faire un ami d'un amant
qu'un amant d'un ami.

L'amitié s'entretient comme un jardin :
ne pas hésiter à arracher
les mauvaises herbes.

En amour, on pardonne.
En amitié, on rompt.

Conseil de la mère à la fille :
tu peux tromper ton mari,
mais sois loyale en amitié.

# *L'argent fait le bonheur*

Les élans du cœur sont souvent capitalistes.

Gagner de l'argent
est une affaire d'hommes.
Le dépenser une affaire de femmes.

Si Dieu avait voulu que j'épouse un pauvre,
il me l'aurait fait savoir.

Les femmes s'abîment ou se subliment
au contact de l'argent.

Si l'argent n'a pas d'odeur,
il a un parfum enivrant.

Quand il s'agit d'argent, nous sommes tous
de la même religion.

Ne parlez jamais d'argent sous la couette
ou c'est la débandade.

Je suis Bélier, ascendant capitaliste.

La gratuité, c'est vulgaire.

Les caresses de banquier ne donnent pas
de rides.

L'avarice est un des sept péchés capitaux.
Faites en sorte que votre mari
ne l'oublie pas.

N'acceptez jamais de pourboire de la vie.

Les gigolos devraient être remboursés par la sécurité sociale : ils coûtent moins cher que les chirurgiens esthétiques.

J'ai été pauvre, j'ai été riche, et finalement riche c'est quand même mieux.

L'argent s'écrit avec un F majuscule, comme fortune, fascination, féerie.

On dit que la fortune vient en dormant,
pourtant je n'ai guère fermé l'œil.

Vous avez des découverts ?
Épousez votre banquier.

La vieillesse ? Amour, gloire et chéquier.

# *La beauté,*
# *ce pouvoir injuste et éphémère*

« Miroir, miroir, dis-moi
que je suis la plus belle… »
Règle n° 1 : ne jamais parler à son miroir.

Une belle fille a une valeur ajoutée, ce qui ne veut pas dire qu'elle a un capital.

Mesdemoiselles, souriez tout le temps, même sans raison. Dans vingt ans, vous aurez de jolies rides.

À défaut de beauté, choisissez la gaieté,
c'est une arme qui ne craint pas les années.

La beauté passe, la graisse reste.

Ne pas confondre jeunesse et beauté.
La jeunesse se laisse séduire, mais ne séduit pas obligatoirement.

Mon secret de beauté ?
La peinture au pistolet.

Personne n'est jeune après cinquante ans,
mais on peut être irrésistible à tout âge.

Quelle que soit la beauté du cadavre,
on l'enterre toujours.

La beauté est comme la santé, on la pleure
quand on l'a perdue.

Hier, on disait d'une femme
sur son lit de mort :
« Comme elle est belle. »
Aujourd'hui :
« Qui avait fait son dernier lifting ? »

La beauté ? Une semaine
de gagnée sur le charme.

À vingt ans, la beauté est une clef
qui ouvre bien des portes. À quarante ans,
c'est une vue de l'esprit. Après cinquante ans,
baissez franchement l'abat-jour !

La beauté est une suite d'évidences
sur lesquelles personne n'est d'accord.

Quelques femmes ont le privilège
d'être intemporelles. Elles ont la grâce.

Bien sûr que la beauté est intérieure...
Elle est enfouie sous le maquillage !

Une femme ne connaît que deux âges :
l'âge qu'on lui donne
et l'âge qu'elle se donne.

La beauté est bien souvent un bonheur
qui ne tient pas ses promesses.

La beauté est un don,
mais la bonne humeur est accessible à toutes.

On peut recevoir toutes les grâces
du monde, mais la seule qui compte
et qui demande un effort,
c'est la beauté de l'âme.

La vieillesse ? Savoir accommoder les restes.

# *Le mensonge, un mal qui peut faire du bien*

Pour traverser sereinement la vie, il faut croire au mensonge avec le sourire.

Le plus beau mensonge à la fin d'un amour : Restons bons amis !

Sans mensonge, la vérité semblerait bien fausse.

Pour bien mentir,
il suffit de ne jamais avouer.

J'ai toujours dit la vérité,
mais pas toute la vérité.

Le mensonge demande de l'imagination,
la vérité du savoir-faire.

Le mensonge ne supporte pas l'à-peu-près.

Il y a des moments où le corps est obligé de mentir, c'est ce que j'appelle faire acte de contribution.

Pour mentir, il faut bien apprendre son texte avant de monter sur scène.

Mieux vaut mentir par omission,
cela demande moins d'imagination.

Le mensonge,
une autoprotection sans filet.

La santé se contrôle.
La beauté se travaille.
Le mensonge fait le reste.

Quoi de plus exquis qu'un mensonge
qui vous fait chavirer dans la vérité !

Le mensonge est le frère ennemi de l'amour.

Rien ne sert de mentir,
il faut rougir à point.

# *La séduction,*
# *arme de destruction massive*

Ma profession ? Femme.

Dans la flatterie, la corde n'est jamais assez grosse.

Le secret de la séduction ?
Le fantasme de l'inconnu.

J'ai séduit bien avant de parler.

Je n'étais pas une femme de passade.
Me séduire, c'était déjà me défier.

Mon carnet de bal
a toujours affiché complet.

Plaisir, tu n'es qu'un mot.

Le sexe, c'est comme le golf. Pas besoin d'être un expert pour s'amuser.

Pour donner du plaisir,
il faut savoir en prendre.

Je ne laisse mes empreintes
que sur les cœurs.

La sensualité ne s'apprend
ni dans les livres ni à l'université.

Mon opéra préféré ? La pute enchantée.

Je n'ai aucune gêne à faire l'amour avec vingt personnes. Je le fais avec les yeux.

Certaines femmes s'habillent pour sortir, d'autres pour rentrer.

L'amour demande de l'imagination, le sexe du travail.

Je n'ai jamais été d'une vertu irréprochable,
mais des vertus j'en possède
de fort intéressantes.

Ne faites jamais l'amour le ventre vide,
vous risquez de rester sur votre faim.

Tout vient à point à qui sait être tendre.

On peut gâcher sa nuit par délicatesse.

L'érotisme et la morale ne couchent pas dans le même lit.

Le plus sûr moyen de séduire reste la parole, à condition d'avoir l'arme secrète : l'intelligence.

Il faut toujours se fier
à la première impression.

Je préfère répondre « non » tout de suite
plutôt que « oui, mais… ».

Osez ! Portez votre féminité
comme une couronne.

Sois belle et tais-toi. On n'a rien inventé de plus juste en matière de séduction. Le silence a du style.

Il faut toujours avoir un vilain petit secret.

Rien ne vaut un bon camarade de couette, sensuel et sans suite.

J'ai souvent mis ma tête au service
du désir des hommes.

Le corps a ses raisons que le cœur ignore.

Pour séduire, il faut avoir du caractère,
mais pas l'ombre d'un mauvais caractère.

# *À la conquête du bonheur*

J'étais comédienne, j'ai voulu que ma vie
soit plus belle que mes films.

Ne prenez pas de gants :
tutoyez le bonheur !

L'amour de la vie passe
par l'amour de soi.

Accéder au bonheur,
c'est se battre avec le sourire,
c'est-à-dire séduire.

Le bonheur parfait ? Enlevez « parfait ».

Le chemin qui mène au bonheur passe
par l'homme et il est très fréquenté.

Je ne peux pas en vouloir au bonheur
de m'avoir rendue heureuse.

Malheureuse en amour ? Passez-vous la tête
sous l'eau et allez faire du shopping.

Il y a toujours un éclat de rire
après les larmes.

Ma vie aurait pu être un mélo,
elle s'est transformée en saga.

Voir son amour partagé
est le plus grand des bonheurs.

Le paradis existe, c'est la Terre.
Ce n'est pas un lieu, c'est une sensation.

La seule façon d'accepter de mourir,
c'est de bien vivre.

Ma définition du bonheur ?
Être futile et utile.

Recevoir fait plaisir.
Donner rend heureux.

# *Sur les chemins de la réussite*

Un grand succès peut remplacer
un grand amour.

On devient forte par ses succès,
pas par ses échecs.

Je ne suis pas entrée dans la vie
pour rester au vestiaire.

Pour arriver au but, j'ai dû prendre
quelques sens interdits.

Avec moi, le voyage n'est jamais simple,
mais tellement plus intéressant.

J'ai fait commerce d'une chose que
les femmes n'utilisent pas souvent : la raison.

La réussite, c'est du savoir-faire
et le faire savoir.

La vie est faite de hauts et de bas
J'ai choisi les hauts.

On perd du temps à regarder derrière soi.

Croyez en vous : placez la barre très haut !

J'ai toujours su pressentir les désirs
et les attaques.

L'expérience ne se trompe jamais,
c'est notre intuition qui se trompe parfois.

Ne comptez que sur vous,
oubliez les intermédiaires.

La réussite, c'est comme le surf.
Il faut savoir garder l'équilibre et
ne pas avoir peur du creux de la vague.

J'étais quelque chose,
je suis devenue quelqu'un.

La vie est parfois injuste. Il y a celles
qui voudraient et qui ne font rien.
Et il y a celles qui font
et qui n'obtiennent rien.

Quand on n'a que des rêves, on se rattache
à ses souvenirs. Mais à vingt ans,
quand on n'a pas encore de souvenir,
il faut avoir des rêves.

La vie n'est pas une pièce de théâtre,
il faut sans cesse réécrire son texte.

Toute femme qui a la chance d'être aimée
est une gagnante.

La réussite d'un homme est un puissant
aphrodisiaque pour une femme.
L'inverse n'est pas vrai.

J'ai toujours su où j'allais,
mais surtout d'où je venais.

J'avais une vie vivable, je me suis fait une vie vivante.

Aujourd'hui, ma solitude est ma liberté, et ma liberté, mon luxe.

Le veuvage ? Peut-être la fin du début, mais certainement pas le début de la fin.

Quand on vient au monde,
avec l'espoir d'entrer dans le monde,
on a parfois la chance
de faire le tour du monde,
mais on risque aussi de tomber
dans le demi-monde et fatalement,
un jour, on passe dans l'autre monde.

La gloire, un soleil qui ne réchauffe pas.

La réussite, c'est une course d'obstacles
sans ligne d'arrivée.

Le destin, c'est quand Dieu
intervient incognito.

Et si c'était à refaire ?
Je ferais beaucoup mieux !

Certains voyages conduisent vers un destin
plutôt qu'une destination.

# *Le savoir-vivre*
# *ou l'art de survivre en société*

Règle n° 1 pour la maîtresse de maison :
arriver avant ses invités.

À quoi reconnaît-on une bonne maîtresse de maison ? Elle présente un plat raté comme une nouvelle recette chinoise.

Le savoir-vivre ?
C'est se servir d'une pince à sucre quand on est seul.

Qu'est-ce qui distingue une femme du monde
d'une vraie maîtresse de maison ?
Elle feint d'ignorer où est la cuisine.

Les bonnes manières s'apprennent
comme le reste.

L'art de recevoir tient en deux mots :
avoir envie.

Les bonnes manières sont un passeport pour la vie. Et pas besoin de visa !

L'art de la conversation tient en deux mots : « Ah ? », « Oh ! »

Je ne fais plus de mondanités. Je n'ai plus le temps pour pardonner une soirée perdue.

Le savoir-vivre de l'amour ?
Aimer l'autre plus que soi-même.

La politesse s'apprend, pas le courage.

La première des politesses,
c'est à soi-même qu'on la doit.

J'ai toujours respecté les bienséances,
mais l'inverse n'a pas toujours été vrai.

Le secret d'un dîner réussi ?
Les copains d'abord.

Les mondanités sont un mal nécessaire :
elles permettent aux mondains
de les critiquer.

Parler à un mondain ne demande pas
beaucoup de conversation,
juste quelques compliments.

Comment être brillant en société ?
Apprenez par cœur le dernier *Paris-Match*.

Le snobisme ? Je ne sais pas
de quoi vous parlez.

Le snobisme est une maladie socialement transmissible.

Qui ignore assassine.

Comment reconnaître un snob ?
Il cst toujours mal placé.

Comment faire envie à un snob ?
Dites-lui que Carla vient dîner.
Mon snobisme ? Inviter Carla à dîner.

Les snobs sont des êtres étranges :
ils rejettent ceux qui leur ressemblent.

On est toujours le plouc de quelqu'un.

Ne pas confondre
une femme qui a des manières
et une femme qui fait des manières.

Faire partie de la bonne société peut être
un moyen, jamais un but.

Le savoir-vivre du XXIe siècle ? J'abdique !

# *Du pain, du vin, des câlins*

Il faut être ivre pour croire qu'on peut vivre
d'amour et d'eau fraîche.

La vérité est au fond du troisième verre.

Le vin peut être un rival :
il allume aussi le désir
dans les yeux d'un homme.

Repas sans vin, repas chagrin.

Un homme qui ne boit que de l'eau,
c'est comme un couscous sans boulettes.

Une femme qui ne boit que de l'eau,
c'est comme une crème renversée
au lait écrémé.

Les Rothschild sont doués pour
deux choses : la banque et le vin.
Toujours du liquide !

Boire est un besoin de l'âme,
manger un besoin du corps.

Si l'on n'attrape pas les mouches
avec du vinaigre, on peut attraper
certains hommes avec un très bon vin.

L'abus d'alcool est dangereux pour la santé,
mais prendre de la bouteille
n'est pas interdit.

Comme les femmes, les vins se partagent
en deux catégories : il y a celles qui sentent
la violette et celles qui ont de la cuisse.

Il en est des hommes comme des cuvées :
tantôt médiocres, tantôt exceptionnelles.

Boire ou séduire, il faut choisir.
Le vin ne vous transforme pas forcément
en Tarzan d'alcôve ou en Messaline.

On dit boire jusqu'à la lie
et non boire jusqu'au lit.

Certains hommes
sont comme les grands vins.
On les apprécie arrivés à maturité.

S'il est vrai qu'on ne peut être au four
et au moulin, rien n'empêche d'être
à la vigne et au bar.

Un bon vin et l'amour se concluent
de la même façon : bu et approuvé.

Mon trèfle à quatre feuilles ?
Une feuille de vigne.

J'ai goûté les déclarations d'amour comme les vins d'exception : juste du bout des lèvres.

Il faut toujours boire
et manger bien accompagné.

Mon déjeuner idéal : Alexandre Dumas,
Gustave Eiffel, Georges Pompidou,
Karl Marx, Alfred Hitchcock.
Mon dîner idéal : Casanova, Jean Gabin,
Arthur Rimbaud, Wolfgang Amadeus
Mozart, Winston Churchill.
Tous de vrais épicuriens.

# Épilogue

Vous l'aurez compris, ma philosophie est tournée vers le plaisir, mais avec raison. Épicurienne dans l'âme, il y a aussi chez moi une volonté qui empêche tout débordement. Et une certaine considération de soi qui m'a toujours « tenue ». Ma fameuse colonne vertébrale. Sans doute ai-je également, de façon innée, le bon sens nécessaire qui permet de prendre du recul quelle que soit la circonstance. Il faut toujours relativiser les choses. Une attitude renforcée au fil des années par l'expérience.

Durant toute ma vie, l'amour a été pour

moi une priorité, mais je ne lui ai pas tout sacrifié. Si je suis persuadée qu'il apporte les plus grandes joies, j'ai toujours refusé qu'il soit synonyme de souffrances. Avec les hommes, on peut être dans leurs bras, jamais à leurs pieds. Et si je me suis faite l'apôtre de l'amour conjugal, je n'ai jamais été prisonnière de ses limites.

Il n'empêche que l'amour fait tourner le monde et que les femmes sont au centre de cette ronde. Alors pourquoi ne pas en profiter ? Mais être femme est un travail de tous les instants, une discipline, une véritable profession. La séduction est le moteur de la réussite et si l'on veut faire un beau parcours, on ne peut compter sans elle. On ne badine bien qu'avec l'amour.

Amour, argent, réussite, bonheur… autant de mots auxquels on attache beaucoup de valeur, peut-être trop, toutefois ils sont les piliers de notre raison d'exister. Il faut les traiter avec respect, mais aussi avec légèreté, car comme le dit l'adage, rien n'est grave tant qu'on a la santé !

Enfin, pour conclure, ne prenez pas trop ce livre au sérieux. Cocteau disait : « Je suis un mensonge qui dit toujours la vérité. » Une phrase que je pourrais bien faire mienne…

# *Table*

## *Du même auteur*

*La baronne rentre à cinq heures*
Jean-Claude Lattès, 1984

*Heureuse et pas fâchée de l'être*
Jean-Claude Lattès, 1987

*Parlez-moi d'amour*
Fixot, 1989

*Le bonheur de séduire, l'art de réussir*
Fixot, 1991 ; Robert Laffont, 2001

*Natara*
Fixot, 1994

*Femme un jour, femme toujours*
Fixot, 1997

*L'amour est affaire de femmes*
Robert Laffont, 2001

*Jours heureux à Quiberon*
Michel Lafon, 2002

*Sur les chemins de l'amour*
Robert Laffont, 2003

*Megève, un roman d'amour*
Albin Michel, 2004

*Les hommes de ma vie*
Albin Michel, 2007

*Réussir l'éducation de nos enfants*
avec Arsène Bouakira
Favre, 2009

*Composition Nord Compo*
*Impression CPI Bussière en janvier 2010*
*à Saint-Amand-Montrond (Cher)*
*Editions Albin Michel*
*22, rue Huyghens, 75014 Paris*
*www.albin-michel.fr*

*N° d'édition : 18923/01. – N° d'impression : 093782/4.*
*Dépôt légal : février 2010.*
*ISBN 978-2-226-19304-9*
*Imprimé en France.*